folio cadet ▪ pren

Pour Loveday

Traduction d'Anne Krief
Maquette : Karine Benoit

ISBN : 978-2-07-064106-2
Titre original : *Meg and Mog*
Publié pour la première fois par William Heinemann Ltd en 1972,
puis par Puffin Books, Londres, en 1975.
© Helen Nicoll 1972, pour le texte
© Jan Pieńkowski 1972, pour les illustrations
© Helen Nicoll et Jan Pieńkowski 1972, pour l'histoire et les personnages
© Gallimard Jeunesse 2008, pour la traduction française,
2011 pour la présente édition
Numéro d'édition : 183369
Loi n° 49-956 du 16 juillet 1949 sur les publications destinées à la jeunesse
Dépôt légal : septembre 2011
Imprimé en France par I.M.E.

Helen Nicoll • Jan Pieńkowski

GALLIMARD JEUNESSE

1

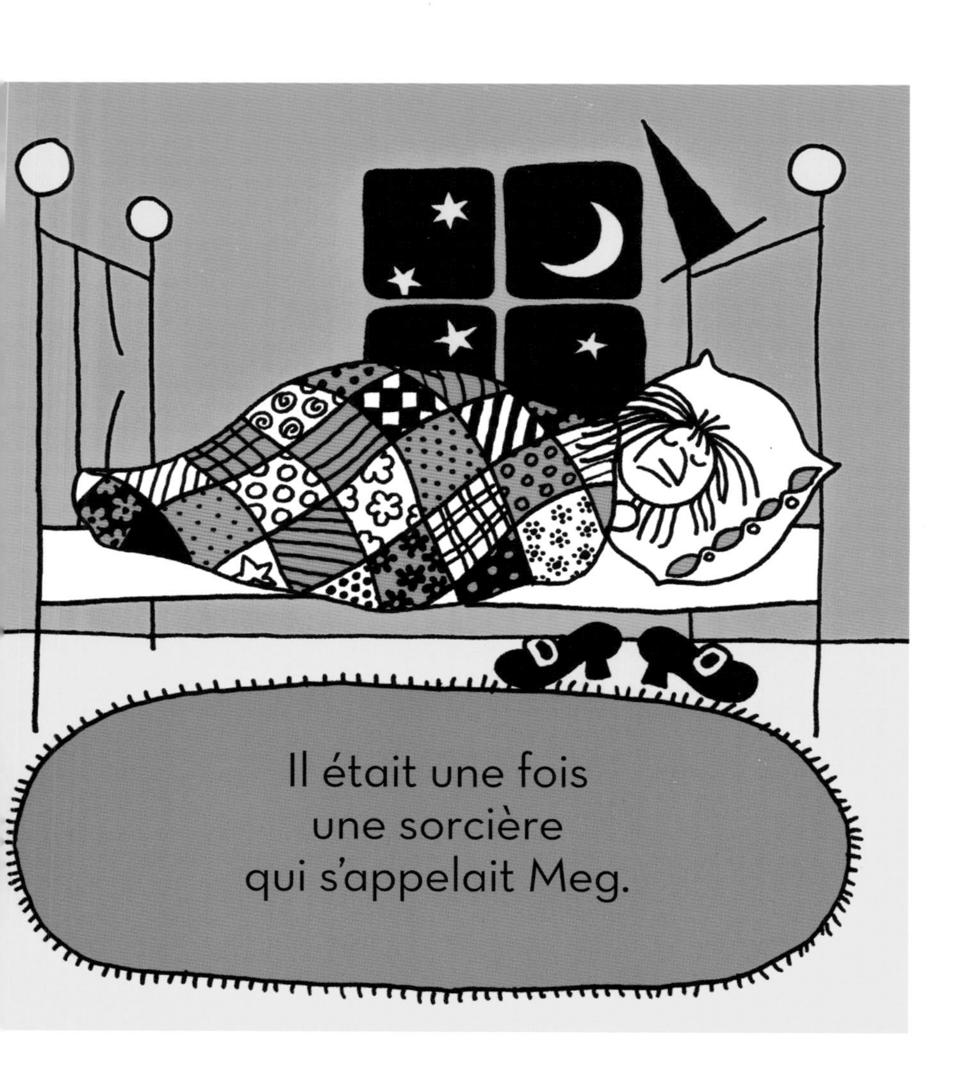
Il était une fois
une sorcière
qui s'appelait Meg.

À minuit, le hibou ulula
trois fois pour la réveiller.

Elle se leva pour s'habiller
car elle devait se rendre
à une fête de sorcières.

Elle
mit
ses bas noirs
ses grosses
chaussures noires

son long
manteau noir
et son grand
chapeau noir.

Elle descendit
l’escalier
pour préparer
le petit déjeuner.

Mog, son chat
à rayures, couchait
dans la cuisine.
Il dormait comme
un loir.

Elle marcha
sur la queue du chat.

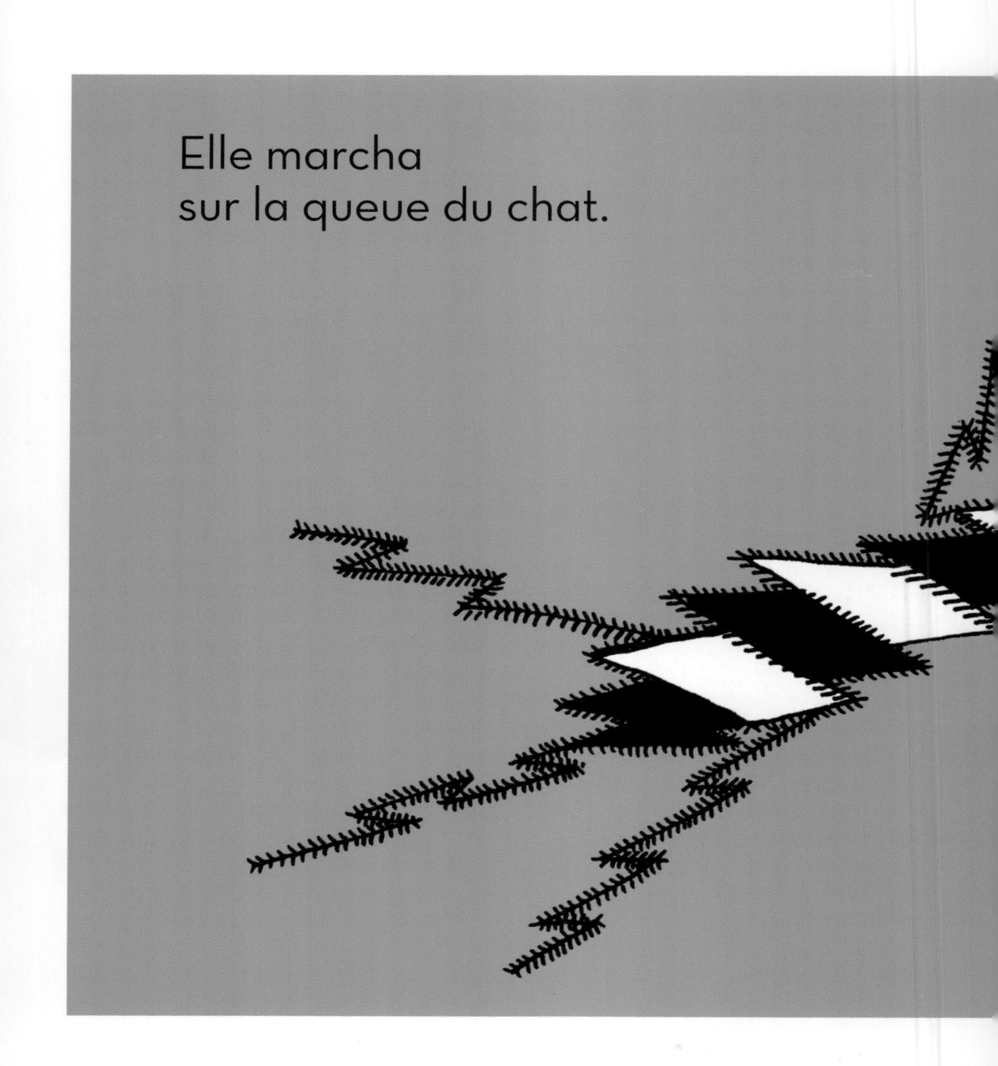

MIAOUUU

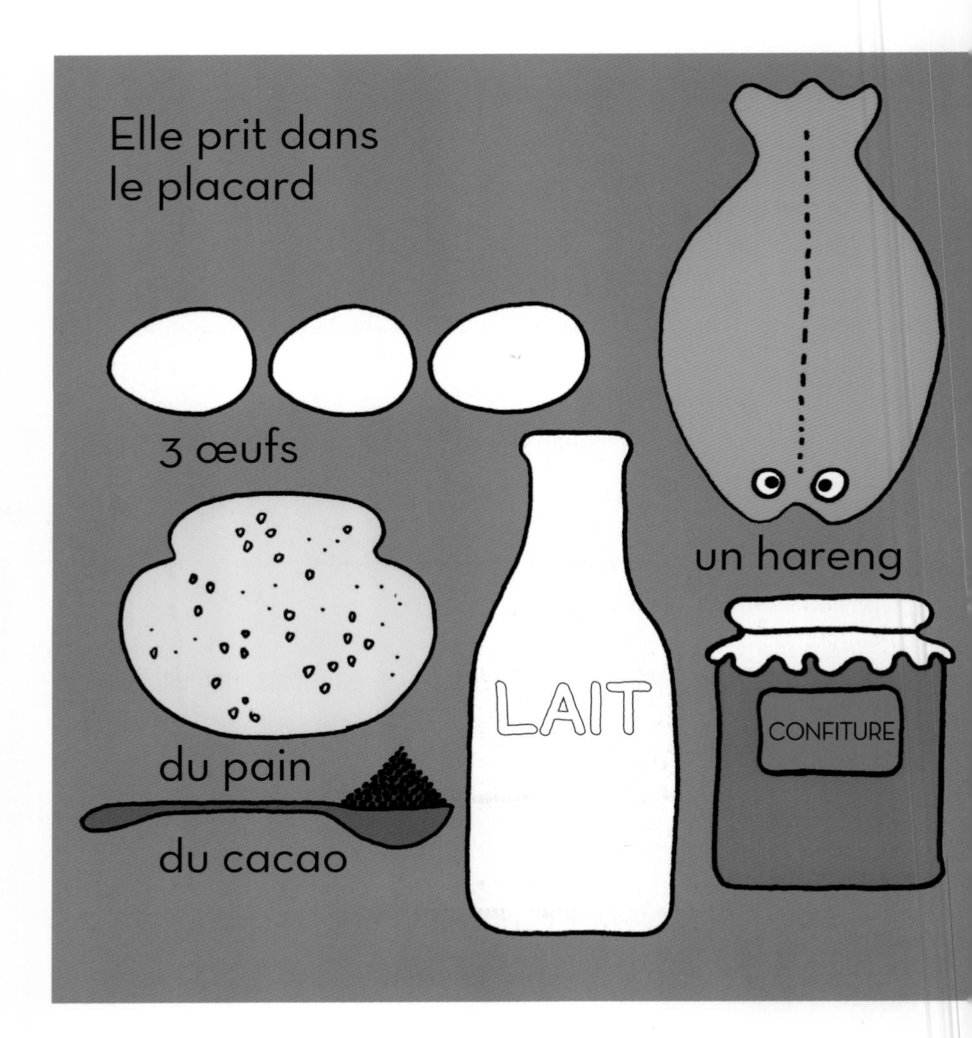
Elle prit dans
le placard
3 œufs
du pain
du cacao
LAIT
un hareng
CONFITURE

Elle jeta le tout
dans son chaudron
et remua
énergiquement.
BLOUP
BLOUP

MIAM
HUM
HIBOU

Tout le monde eut
un bon petit déjeuner.
PRRRR
EG
MOG

2

À une heure
du matin,
elle saisit son balai,
son chaudron
et une araignée,

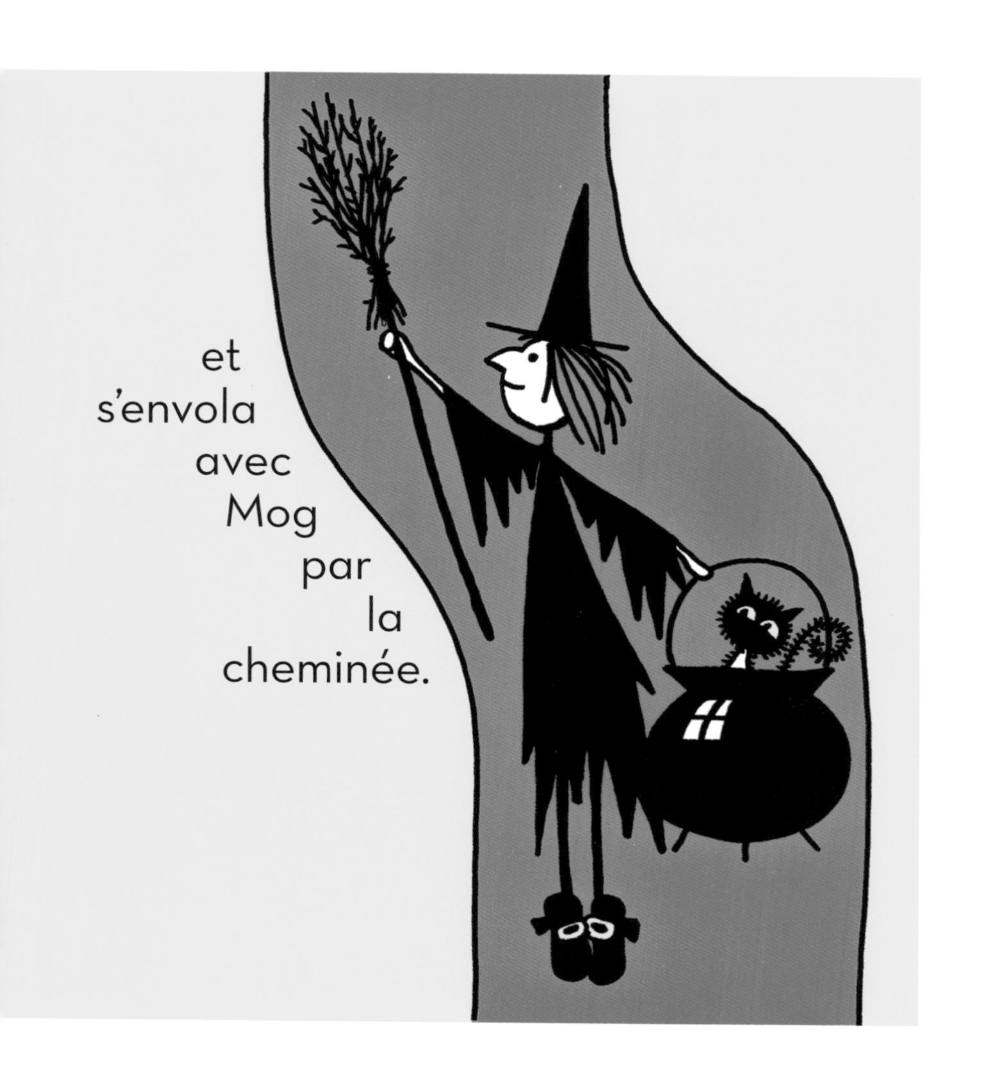

et
s'envola
avec
Mog
par
la
cheminée.

Là-haut dans le ciel,

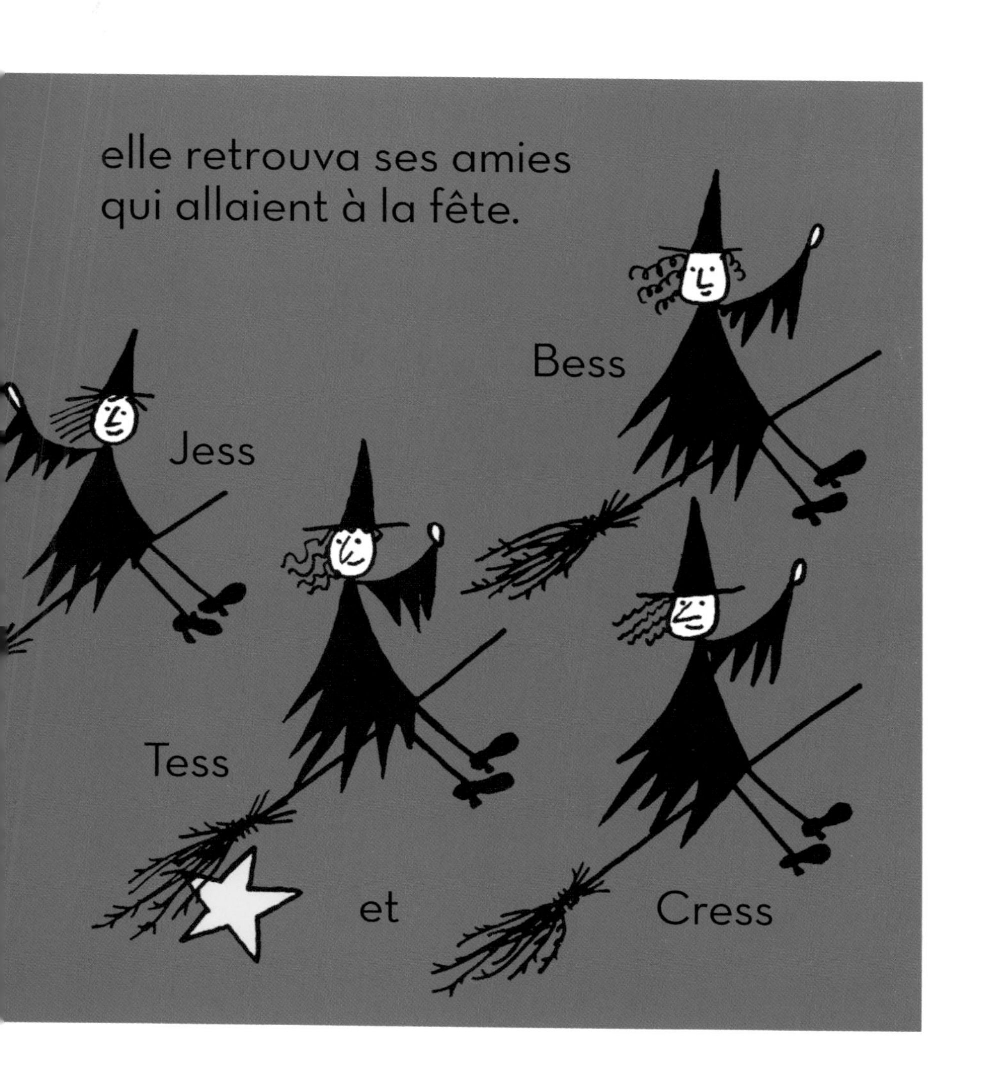
elle retrouva ses amies
qui allaient à la fête.
Bess
Jess
Tess
et
Cress

3

Elles se posèrent sur une colline,
au clair de lune, pour concocter
leur potion magique.

Chacune d'elles avait
apporté quelque chose
à mettre dans le chaudron.

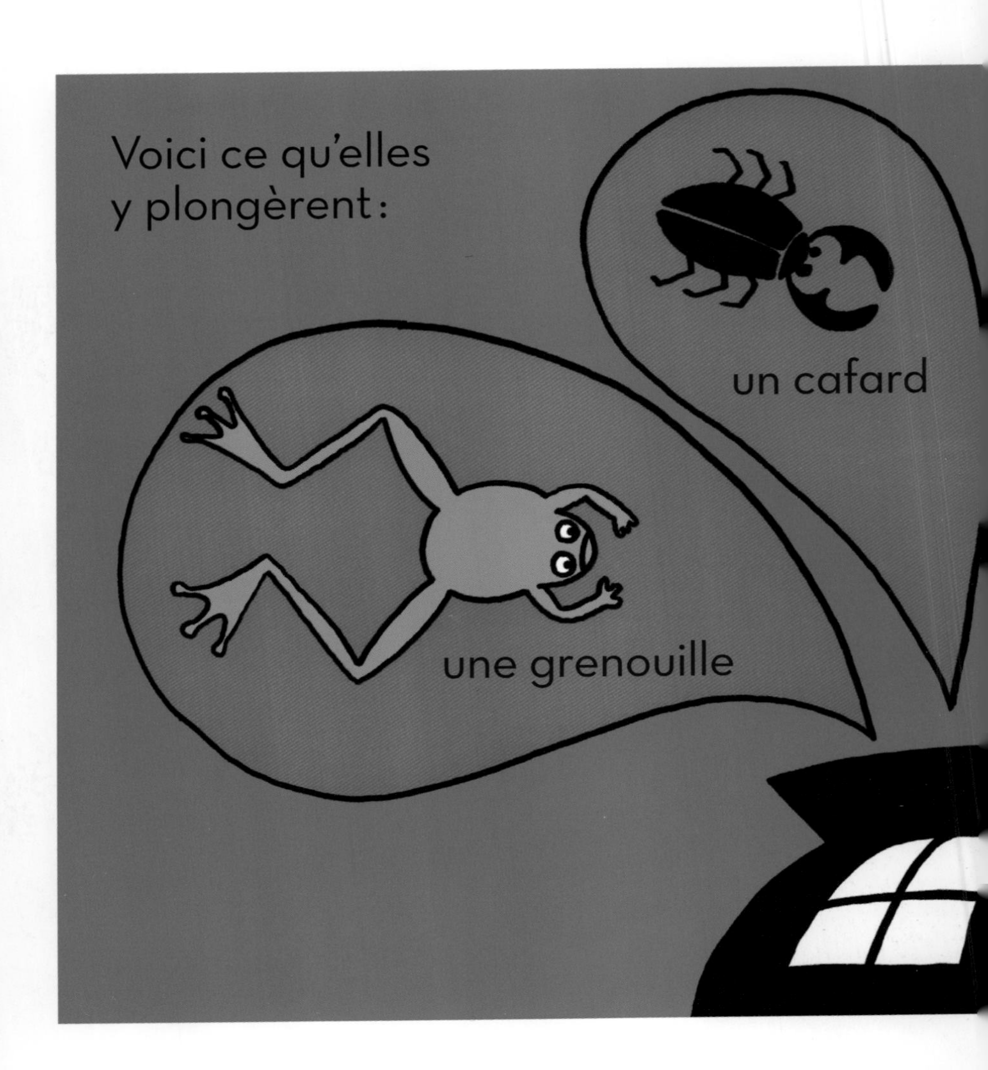
Voici ce qu'elles
y plongèrent :
un cafard
une grenouille

un ver
de terre
une
chauve-souris
une
araignée

Elles remuèrent ensemble
le chaudron en marmonnant
leur formule magique.

BRA
Cafard des couloirs
Araignée des
baignoires
Craque pète claque
Vous allez voir
Ce que vous allez voir !

Il y eut un éclair suivi
d'un gros bruit.

Ça n'avait
pas marché.

Bess, Jess, Tess
et Cress s'étaient
transformées en souris
et Mog leur courait après.

L'année prochaine, je les retransformerai en sorcières.

Au revoir !